ORAISON FUNÈBRE

DE MONSIEUR MARIE-HENRI

Cte DU BOISBAUDRY

PRONONCÉE

EN L'ÉGLISE DE MONTERREIN

Le 11 septembre 1880

PAR M. L'ABBÉ L. BARRÉ

RECTEUR DE CETTE PAROISSE

Conserve la couraine

RENNES

TYPOGRAPHIE OBERTHUR ET FILS

1880

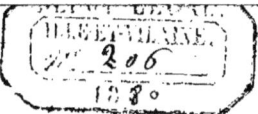

Hæreditas sancta nepotes eorum, et in
testamentis stetit semen eorum.

*Leurs descendants sont les héritiers de leur
piété, et leur race est demeurée dans l'alliance.*

(Eccli. xliv, 12).

MONSEIGNEUR (1),

MES FRÈRES,

L A cérémonie funèbre qui nous rassemble aujourd'hui nous
démontre, avec une irrésistible éloquence, que cette terre a
été appelée, avec une juste raison, une vallée de larmes, que les
deuils se succèdent ici-bas presque sans interruption, et que
chaque jour met sur nos épaules une nouvelle croix qu'il nous
faut porter.

Il n'y a pas encore trois ans, mes frères, vous étiez réunis dans
cette église pour rendre les derniers honneurs à celui dont le
nom est resté dans le pays comme le type de la loyauté, de
l'honneur et de la vertu, à celui que l'on se plaît encore à appeler
aujourd'hui le père des pauvres, l'homme du bon conseil, à
M. Hippolyte-François, comte du Boisbaudry. Toute la contrée
s'était donné rendez-vous autour de sa dépouille mortelle; tous
les rangs s'y trouvaient confondus, le riche et le pauvre, le prêtre
et le laboureur, le noble et l'artisan. Tous avaient voulu rendre
un suprême hommage à cet homme de bien. Et ce fut au milieu
des larmes et des prières de tous, au milieu du recueillement le
plus grand, qu'il fut conduit à sa demeure dernière.

Trois années ne se sont pas encore écoulées; la pierre de la
tombe, auprès de laquelle nous voyons s'agenouiller chaque jour

(1) Mgr Bécel, évêque de Vannes.

une veuve et des enfants inconsolés, n'a pas encore subi les atteintes du temps ; les habits de deuil ne sont pas encore déposés, et aujourd'hui, auprès de cette tombe récente, nous en voyons une autre fraîchement creusée. Dans cette église, c'est la même affluence qu'au 5 octobre 1877 ; c'est le même recueillement ; les visages expriment la même douleur. Qu'est-il donc arrivé ? Ai-je besoin de vous le dire, mes frères ? Le fils aîné de celui que vous pleuriez, il y a trois ans, le premier fruit d'une union manifestement bénie du ciel, M. le comte Marie-Henri du Boisbaudry vient de mourir à la fleur de l'âge, loin des siens, emporté par un de ces coups soudains que la science et l'art sont impuissants à conjurer. Sa dépouille mortelle est là, sous nos yeux. Et c'est parce qu'il a été l'héritier des vertus paternelles, c'est parce que le fils a marché dans les voies de ses ancêtres, parce qu'il est demeuré dans l'alliance, que vous avez tenu à rendre à l'enfant les mêmes honneurs qui furent rendus au père : *Hæreditas sancta nepotes eorum, et in testamentis stetit semen eorum.*

Puisse votre présence bienveillante, Monseigneur, puissent ces marques d'une sympathie générale, puissent les prières qui jaillissent de tant de cœurs dévoués, apporter quelque consolation à l'âme profondément chrétienne d'une mère si douloureusement éprouvée, d'une tante, modèle de résignation et de vertu, assistante et consolatrice de toutes les douleurs et de toutes les infortunes, de frères, de sœurs dont les larmes paraissent ne devoir jamais tarir !

Un nom universellement vénéré est le plus beau des héritages ; mais il en deviendrait le plus lourd, si l'enfant ne marchait pas sur les traces de ses pères. Nous n'avons pas cela à redouter avec celui dont je vais brièvement esquisser la vie.

Le comte Marie-Henri du Boisbaudry, l'aîné d'une nombreuse famille, naquit au château de Vaulx, en Picardie, patrie de dame Alexandrine de la Haye de Vaulx, sa mère vénérée. Mais ce fut ici-même, au château de la Haute-Touche, qu'il passa les années de son enfance. Il y reçut cette éducation forte et chrétienne dont nous trouverons des traces dans toute sa vie. Ah ! mes frères, il avait un père et une mère qui, connaissant cette parole de la sainte Écriture : *Magnum habetis pretiosumque depositum filios, ingenti illos cura servate,* regardèrent cet enfant comme un dépôt que Dieu leur confiait, et qui comprirent qu'ils avaient pour mission non seulement de garder inviolablement son âme, mais aussi d'orner son intelligence et son cœur de ces vertus qui font les hommes d'honneur et les vrais chrétiens. Ce fut là l'objet de leurs soins incessants. Puis, comme l'enfant grandissait et qu'ils ne pouvaient le garder toujours sous leurs yeux, ils choisirent pour continuer leur mission, ou plutôt pour y coopérer, ces hommes passés maîtres dans l'art d'instruire la jeunesse et de lui inculquer les plus solides principes de l'honneur et de la vertu. Henri du Boisbaudry fut placé par ses parents au collège des Jésuites, à Vannes, d'où il ne sortit que muni de ses diplômes et pour se préparer à son cours de droit. De l'aveu de tous, c'était une belle intelligence, un cœur bon et sensible, une âme droite et honnête qui ne connut jamais la dissimulation et le mensonge. Sa jeunesse, exempte de tout écart, lui attirait l'estime et l'affection de tout cœur honnête et chrétien.

Ce fut pendant cette première année de son cours de droit, qu'eut lieu un événement qui montra la solidité des principes que ce jeune homme avait reçus et le dévouement dont il était capable. Nous étions en 1866. Henri du Boisbaudry avait vingt ans. La révolution n'avait pas achevé l'œuvre satanique qu'elle a consommée depuis, grâce à l'abaissement de la France. Le Pape-Roi possédait encore quelques lambeaux de territoire convoités avec ardeur par ses insatiables ennemis. La jeunesse chrétienne du monde entier venait tour à tour monter la garde auprès du Vatican pour assurer l'indépendance menacée du Vicaire de Jésus-Christ. Qui ne se souvient de l'élan irrésistible qui entraînait les jeunes gens de notre pays ? C'était une nouvelle croisade : on combattait, sous les étendards de la Croix, non plus les hordes musulmanes, mais la révolution aussi envahissante et aussi dévastatrice. Un du Boisbaudry rendu à l'âge d'homme, un fils des croisés, ne pouvait rester tranquillement chez lui, quand tant d'autres allaient offrir leur jeunesse et leur vie à la plus sainte des causes. Il partit pour Rome avec l'intention de s'enrôler dans l'armée papale. Mais il n'eut que la volonté et le mérite de l'offrande. A peine arrivé dans la Ville éternelle, il est atteint d'une fièvre cruelle et les médecins lui défendent absolument le séjour de l'Italie. Le corps miné et abattu par la souffrance, mais l'âme frémissante de la douleur de n'avoir pu mettre sa jeunesse et son énergie au service de la cause de Dieu, béni et consolé par le Souverain-Pontife, il rentre au château de ses pères pour refaire sa santé ébranlée.

Il ne se doutait pas que, quatre ans plus tard, il prendrait cet habit de soldat que la maladie l'avait empêché de revêtir à Rome, vous savez tous, mes frères, dans quelles circonstances douloureuses, car qui pourrait avoir oublié les malheurs de la patrie ? Dix ans ont passé depuis, mais ces dix années n'ont pas relevé les ruines, ni essuyé les larmes, ni lavé notre honte. Comme tant d'autres, Henri du Boisbaudry partit pour aller au-devant de l'ennemi.

Être engagé dans la carrière des armes par la nécessité du sort, ou par le besoin d'une profession quelconque, y servir noblement son pays, c'est le commun métier du soldat : il peut y moissonner une gloire véritable devant Dieu et devant les hommes. Mais s'enrôler de soi-même, sans y être contraint, quitter sa famille, son bien-être, s'exposer aux mille dangers et fatigues de la vie du soldat, c'est un mérite beaucoup plus grand, c'est le vrai patriotisme, surtout quand l'ennemi est là, sur le sol de la patrie, puissant et vainqueur. Henri du Boisbaudry n'hésita pas un seul instant, et dans cette funeste campagne, montra toutes les qualités du soldat. Se livrer aux exercices militaires les plus pénibles, faire des marches prolongées, camper sur la neige et dans la boue, rien ne semblait lui coûter. Bien plus, il trouvait encore le moyen de venir en aide à ses compagnons d'armes. Combien de ces pauvres mobiles n'a-t-il pas encouragés de ses conseils, soutenu de sa bourse, raffermi par son exemple ! Que dirai-je de sa valeur ? Combien peut-être parmi ceux qui prient devant son cercueil l'ont vu au combat de Nogent, montrant le courage le plus héroïque, admiré de tous pour sa rare intrépidité ? C'est là qu'il reçut le baptême du feu, et qu'il sentit, je puis le dire, le baiser de la mort, car ses vêtements furent troués de deux balles. Aussi, la guerre finie, en récompense de sa belle conduite, il reçut le grade de capitaine dans l'armée territoriale.

Il est, mes frères, plusieurs manières de servir sa patrie. On peut la servir, les armes à la main, sur les champs de bataille, mais souvent on peut la servir d'une manière aussi efficace en exerçant une légitime influence dans les humbles conseils de son pays. Qui parmi vous peut ignorer le bien que produisit au Roch-Saint-André sa nomination comme conseiller municipal? Son père meurt, Henri du Boisbaudry le remplace comme maire de Monterrein, et pendant ce temps-là, il est deux fois élu conseiller d'arrondissement, sans que jamais aucun concurrent ose lui disputer les suffrages. Cela, d'ailleurs, était-il possible? Quel nom plus honorable et plus populaire que le sien dans tout le pays? Le nom d'un du Boisbaudry n'est-il pas regardé partout comme le synonyme de l'honneur intègre, de la fidélité à tous les devoirs, de la bienfaisance active et généreuse, de la vraie piété qui se montre sans faste comme sans crainte? Et si personne ne se posa en face de lui, il le dut à la vénération dont sa famille est entourée depuis longtemps parmi nous, il le dut à la mémoire de son père, il le dut à l'estime dont il jouissait lui-même. Ce qui, mes frères, confirme le texte que je vous citais en commençant : « Leurs descendants sont les héritiers de leur piété et leur race est demeurée dans l'alliance : » *Hæreditas sancta nepotes eorum, et in testamentis stetit semen eorum.*

Bon et généreux, serviable et obligeant envers tous, Henri du Boisbaudry ne pouvait voir souffrir quelqu'un sans essayer de soulager sa douleur. Puis, quand il s'agissait de rendre service, il semblait ne plus s'appartenir. Lettres, démarches, instances, voyages, rien n'était négligé; le maire, le conseiller d'arrondissement ne s'accordait ni trêve ni repos qu'il n'eût rendu le service demandé. Pouvons-nous nous étonner après cela si sa réputation de bonté s'était répandue bien au delà des limites de notre canton? Hier encore, pour citer un fait tout récent, hier, quand on portait sa dépouille mortelle du wagon à la voiture qui devait la ramener ici, quelqu'un vient me demander : « Quel est donc ce mort? — C'est M. le comte du Boisbaudry. — Ah! me fut-il répondu, ce sont donc les bons qui s'en vont! » Oui, mes frères, on pourra répéter ce mot : « Ce sont les bons qui s'en vont, » tant que ceux qui quitteront cette terre ressembleront à celui qui est l'objet de notre deuil.

Mais pourquoi a-t-il été bon? C'est ce qui me reste à vous dire, et je tâcherai de ne pas abuser de votre attention.

Henri du Boisbaudry a été bon et bienfaisant, parce qu'il a été sincèrement chrétien. C'est de Dieu que découle la bonté, et le chrétien est l'enfant de Dieu. Or, je le dis hautement ici, dans toutes les circonstances de sa vie, ce jeune homme s'est montré sincèrement chrétien et nous ne pouvons nous empêcher d'admirer la foi profonde et le grand amour pour son divin Maître dont il fut toujours animé.

Qu'il fût bon et pieux, dans les années de son enfance, à cela quoi d'étonnant, ayant été élevé par des parents si pieux, et n'ayant sous les yeux que les exemples les plus édifiants? Qu'au collège cette piété se conservât, quoi d'étonnant encore? N'eut-il pas pour le guider ces maîtres renommés par leur science et leur sainteté, qui savent développer d'une manière si admirable dans l'âme de l'enfance et de la jeunesse les germes que la main de Dieu y a déposés? Mais dans l'étudiant en droit, dans le jeune homme, dans le lieutenant des mobiles, dans le capitaine de l'armée territoriale, vous trouvez la même foi profonde et le même amour pour Dieu.

Hier soir, mes frères, avant de vous parler de lui, j'ai voulu visiter sa chambre, afin de vous redire avec plus de vérité ce qu'il fut. Voulez-vous savoir quel était, et quel est encore à cette heure, l'aménagement de l'appartement qu'il occupait? Eh bien, écoutez: Un peu au-dessus de la cheminée, à la place d'honneur, une grande statue de la sainte Vierge pour laquelle il eut toujours une dévotion particulière. On voit que c'est la reine de l'endroit. Elle règne là, c'est bien évident, et on y vit, on y travaille, on y étudie, on s'y repose sous sa protection. Aux pieds de la Vierge bénie, un reliquaire superbe, rapporté d'un voyage en Terre-Sainte et renfermant de précieuses reliques. Sur la table de travail, une image de sainte Anne, une vierge de Lourdes et une parcelle de la vraie Croix richement enchâssée. Ailleurs, deux images diffé-rentes du Sacré-Cœur de Jésus pour qui il avait tant d'amour qu'il en portait l'effigie brodée sur presque tous ses vêtements, et qu'un jour il répondait à une de ses sœurs qui s'extasiait de l'entendre réciter une longue prière en l'honneur de ce Cœur adorable :

« Quoi d'étonnant que je la sache, je la récite tous les soirs avant de me mettre au lit. » Pardonnez-moi ces détails, mes frères, mais, je vous le demande, ne confirment-ils pas ce que je vous ai dit de sa piété ! Ne vous paraissent-ils pas plus édifiants et ne peignent-ils pas mieux ce jeune homme sitôt emporté par la mort que ne pourraient le faire les plus longs discours ?

Oui, toute sa vie, c'est la même foi, c'est le même amour pour Dieu qui le font agir. Après chacun des principaux évènements de son existence, c'est comme un besoin pour lui de faire un acte public de foi et de religion. Combien ici se souviennent de ce bataillon de trois à quatre cents mobiles que Henri du Boisbaudry mena au sanctuaire vénéré de sainte Anne, pour remercier notre patronne d'avoir protégé les Bretons, ses enfants, dans l'horrible guerre dont vous n'avez pas perdu le souvenir ?

Son voyage en Terre-Sainte fut aussi un acte de foi. Ce vaillant chrétien voulait visiter la terre que les pieds du Sauveur avaient foulée, s'imprégner tout entier, pour le reste de sa vie, des souvenirs qu'un tel pélerinage devait laisser dans son âme. Aussi pas un des saints lieux sanctifiés par la présence de Jésus qu'il n'ait visité, où il n'ait prié : depuis Bethléem, où naquit notre Sauveur, jusqu'au Saint-Sépulcre, où, dévot pélerin, il passa la nuit tout entière du vendredi saint en prières et en méditations !

Beaucoup d'entre vous, mes frères, l'ont vu à l'église. Y eut-il jamais tenue plus édifiante, plus respectueuse que la sienne ? Et quand il approchait des sacrements, qu'il était facile, à son maintien, de voir la foi profonde dont il était animé ! Puis, quel respect pour le prêtre, pour les choses saintes, pour tout ce qui touchait à la religion ! Ce sont là des points sur lesquels il ne transigea jamais.

En un mot, mes frères, Henri du Boisbaudry fut chrétien dans toute la force du terme, non pas seulement par la croyance et la vague et timide pratique de la religion, mais par l'observance complète des commandements de Dieu et de l'Église. Qui le vit jamais, même dans ses voyages, manquer, je ne dis pas seulement au précepte de l'abstinence, mais aussi au précepte du jeûne ? Combien de railleurs, qui voulaient se moquer de ses pratiques religieuses, ont été nettement réduits au silence d'une

manière qui n'admettait pas de réplique. Je pourrais vous en citer plus d'un trait.

Il est des hommes ici-bas qui ont toutes les audaces du mal, qui ne reculent devant aucune profanation. M. le comte du Boisbaudry eut, lui, toutes les audaces du bien. Et en le voyant venir, le soir, à la prière, pendant le carême, avec les fidèles de la paroisse, puis aux exercices du mois de Marie, en le voyant se signer et se découvrir devant la croix du chemin, on s'apercevait de suite que jamais il n'aurait, par respect humain, voilé le signe du chrétien sur son front baptisé.

Deum time et mandata ejus observa : hoc est enim omnis homo. « Crains Dieu et observe ses commandements, car c'est là tout l'homme, » dit la sainte Écriture. Henri du Boisbaudry avait compris cette maxime et s'appliquait à se montrer homme, c'est-à-dire chrétien, par la complète observation de ce que Dieu nous commande. *Salvus sum, si non confundor de Domino meo,* disait Tertullien : « Je suis assuré de mon salut, si je ne rougis pas de mon Dieu. » Cette belle parole aurait pu servir de devise au mort que nous pleurons. Lui, rougir de son Dieu ; lui, avoir honte de sa foi ; lui, craindre de pratiquer la religion : jamais il n'aurait eu cette lâcheté ! C'est pourquoi, mes frères, nous avons un si grand espoir dans son salut éternel, espoir augmenté par l'édification de ses derniers instants.

A peine cette terrible maladie qui devait l'emporter en si peu de temps se fut-elle déclarée avec son caractère de danger exceptionnel, qu'un prêtre est appelé. Le pauvre malade, à l'arrivée du ministre du Dieu d'amour, recouvre un peu de cette vie qui l'abandonne si rapidement. Il se confesse et reçoit le saint viatique, avec les sentiments de la foi la plus vive et de la résignation la plus entière à la sainte volonté de Dieu. « Ne seriez-vous pas content, lui dit le prêtre qui l'assiste, d'aller au ciel célébrer la Nativité de la sainte Vierge ? — Oh ! oui, » répondit-il, avec cet accent que possèdent seules les âmes qui comprennent les douceurs et les joies de l'éternelle patrie. Ce furent les dernières paroles que sa bouche prononça. Quelques heures après, il expirait, l'âme soutenue par une dernière absolution et portant sur lui la médaille bénie et le scapulaire de la

Vierge immaculée. C'était le 6 septembre 1880, avant-veille de la Nativité de la très sainte Vierge Marie. M. Marie-Henri, comte de Boisbaudry, avait trente-quatre ans.

Avant son départ pour Vistel où il est mort, en lui donnant ce baiser d'adieu qui devait être le dernier, sa mère vénérée lui avait dit : « Surtout, mon fils, n'oublie pas le bon Dieu. — Jamais, ma mère, » avait-il répondu. Ce furent les dernières paroles que s'adressèrent ici-bas cette mère forte et vertueuse et ce fils respectueux et chrétien. Fidèle à une aussi sainte recommandation et à une promesse aussi sacrée, celui-ci n'oublia pas son Dieu. Dieu, de son côté, ne l'a pas oublié, en lui faisant la grâce de recevoir, en parfaite connaissance, tous les sacrements des mourants, dans une maladie qui, d'ordinaire, enlève complètement l'usage de tous les sens.

Mais, mes frères, quelque croyante qu'ait été sa vie, quelque sainte qu'ait été sa mort, aucun de vous ne voudra quitter cette église sans lui faire l'aumône d'une prière. Il a paru devant son juste Juge, devant Celui qui sonde les cœurs et les reins et qui trouva des taches même dans ses Anges. Prions avec ferveur ce Juge souverain, afin qu'il reçoive au plus tôt dans la joie du ciel l'âme de celui que nous pleurons. L'aumône d'une prière, voilà ce que vous demandent par ma voix une mère désolée, une tante, des frères et des sœurs qui ne désirent rien avec une plus vive ardeur que le salut éternel de celui que la mort vient de leur ravir. Cette prière amie adoucira l'amertume des regrets que leur inspirera longtemps la séparation si cruelle et si imprévue de celui pour qui ils avaient une si grande affection et un si tendre amour.

Pie Jesu, Domine, dona ei requiem sempiternam. — Amen.

11 septembre 1880.

Typographie Oberthür et fils, à Rennes.

www.ingramcontent.com/pod-product-compliance
Lightning Source LLC
Chambersburg PA
CBHW061449170626
46811CB00005B/2437